Klaus Merz: Adams Kostüm

Inhalt

Das Glück begreifen, dass der Boden,
auf dem du stehst, nicht grösser sein kann,
als die zwei Füsse ihn bedecken.

Franz Kafka

Fast Nacht

1

Gegen fünf Uhr in der Frühe war er daheim wieder vom Dach gestiegen und wollte leben. Aber seine Familie traute ihm schon nicht mehr über den Weg. Er bat noch ein paarmal um Entschuldigung für den Aufruhr, sprach von einer plötzlichen und heillosen Bangigkeit, die ihn heimgesucht habe beim Gedanken ans alte Flachdach, die Risse im Asphalt über den Köpfen. Dann liess er das Reden, die Erklärungen bleiben.

Später auf der Hauptstrasse waren die Gleisreiniger bereits an der Arbeit, die Funken sprühten. Eine Türkenfrau trug ihr Kleinkind im Arm, Kern freute es im Vorüberfahren, dass die Welt weiterging. Wo er hinsah, leuchteten die Fenster fröhlich in den nahenden Tag hinein, die Fabriken lagen, grossen Passagierschiffen gleich, vertäut am Strassenrand. Ein Kranführer hatte seinen Suchscheinwerfer auf die tief unter ihm liegende Baustelle gerichtet. Er diente mit dem schlenkernden Kessel den Ameisen in den Fundamenten zu.

Und da stand auch Arber schon in seiner karierten Hose, schaute über den Bretterzaun in die Armierungen hinab, trat von einem Bein auf das

andere, schüttelte den Kopf. Dieses Zuschauen schien ihn mehr anzustrengen als seine Arbeit hinterm Schalter der Bank, die ein paar Monate zuvor ihre Filiale endgültig dicht gemacht hatte. Es sei nicht so leicht, sich mit einer Abfindung abzufinden, hatte er zu Kern gesagt und sich einen Ruck gegeben, um seine sich selbst verordneten Inspektionen in der Stadt, später landesweit, in Angriff zu nehmen.
Kern grüsste ihn, als grüsste er aus einer schusssicheren Limousine heraus, sein Sohn lenkte den Wagen. Arber redete am Baugrubenrand mit sich selbst.

Zu Hause beim Schnüren der Schuhe, der automatischen Arbeit seiner zwei Hände, war sich Kern einen Augenblick lang wie sein eigener Vater vorgekommen. Er musste erst ein paar Grimassen schneiden, um dessen Furchen aus seinem Gesicht zu sprengen, bevor er sich wieder aufrichten und unverwechselbar durch den Korridor gehen konnte. Sein Hausarzt erwartete ihn um halb acht.
Ich bin bereit, rief er seinen Leuten hinter der Küchentür zu und sah jetzt wie ein Geglätteter aus, trat vors Haus. Um den sinkenden Vollmond am Horizont zog sich ein immenser Nebelring. Als wäre auf Erden ein grosser Raucher am Werk.

2

Ich hatte meinen Dienst schon am Vorabend angetreten. Kern kam bei uns gegen Mittag an, trug seine beiden Koffer durch den frisch gefallenen Schnee, er hielt zielstrebig auf den Haupteingang zu, seine Familie folgte ihm. Nach der Begrüssung wies er linkisch auf eine Laufmasche unterhalb meines linken Knies hin.

Er wolle eine Weile lang „heroben" bleiben, sagte er ruhig, sein Tonfall verriet den gebürtigen Österreicher, und heroben seinen Dienst tun, wenn nötig. Zwei Stunden am Tag den Vorplatz wischen zum Beispiel, die Treppen salzen – oder auch das mit den Fäkalien. Den Rest der Zeit, fügte er hinzu, bitte er möglichst unbehelligt verstreichen lassen zu dürfen. Er redete mit uns, als hätten wir keine Wasserspülung.

Kerns Angehörige sahen noch immer wie aus dem Schlaf Gerissene aus. Mit tief liegenden Augen in ihren bleichen Gesichtern standen sie zwischen den Gummibäumen in der Empfangshalle.

Es ging jetzt um die Personalien als Ergänzung zur handschriftlichen Einweisung des Hausarztes, um ein paar biografische Daten, eine Krankengeschichte im eigentlichen Sinne lag noch nicht vor.

Kern entzog sich seinen Nächsten immer wieder, bagatellisierte mit einer vagen Handbewegung seiner Linken ihren gemeinsamen Auftritt, scherzte. Dabei wirkte er bei genauerem Hinsehen eher wie ein Schlafwandler, der einem auf dem Brückengeländer in halsbrecherischer Balance entgegenkommt, und niemand wollte ihm seine Munterkeit so recht glauben.
Macht's gut!
Du auch.
Im Windfang stehend, strich Kern seiner Frau die Tränen aus den Augen, zärtlich.

Ein Tag für Impressionisten, sagte er, als die Sonne in die Fenster der Eingangshalle trat. Er lehnte sich an seinen Satz und wartete unter der Tür der Anmeldung, bis die Familie in der Tiefgarage verschwunden war. Sie hinterliess keine Spuren auf ihrem Weg, da das feine Schneien schon wieder in Regen übergegangen war.
Ich versprach, im Einverständnis mit dem Oberarzt, noch bei ihm vorbeizuschauen. Dem jungen Pfleger gegenüber bestand Kern unterdessen darauf, seine Koffer selber zum Lift zu tragen. Er richtete sich im Turmzimmer ein, pfeifend, wie mir unsere Hausbeamtin später berichtete.

3

Die Welt sei erforscht, hatte Kern am Silvester in seiner Zeitung gelesen. Nur ein paar Unverbesserliche, noch immer, forschten vertikal weiter, versessen und verstrickt in unverständliche und unnötige Details. Man müsse diesen Taugenichtsen in Zukunft das Handwerk legen, könne sich solche Existenzen ökonomisch einfach nicht mehr leisten, hiess es in dem Bericht.
Diese forschen Sätze hätten ihn in ihrer gnadenlosen Absolutheit richtiggehend angefallen, von hinten, rechtfertigte er sich später mir gegenüber. Ohne allerdings zu erwähnen, dass er selber auch in der Forschung tätig war.
Kernenergie, witzelte er, winkte lustlos ab, als ich ihn später daraufhin ansprach. Auf Grund seiner Angaben war er Biologe.

Der Jahreswechsel ging dann um Mitternacht in Gekicher und Geklöpfe unter. Kern hatte am offenen Fenster gestanden und den Atem angehalten. Es kreischte und krachte ins Glockenläuten, in den Handwechsel der beiden Jahre hinein, der Champagner wollte ihm nicht mehr munden.
In der Frühe des dritten Januartages, die Neujahrsferien waren zu Ende, stieg Kern endlich

aufs Dach und trat vor bis zum Rand. Zwischen seinen Hausschuhen hindurch nahm er an der fünfstöckigen Fassade Mass, hob langsam den Blick und liess ihn hinter zusammengepressten Lidern hervor von Süden her ins breite Tal hineinlecken. Wie vormals die Gletscherzungen.
Es ging heroben ein kalter Wind, sagte er, und die Zerhäuselung der Landschaft ertrank im Augenwasser. Das Tal lag unter einem grossen, mondhellen Himmel in seinem ursprünglichen Zustand da. Als dunkle Schlagader zog sich der baumbestandene Lauf des Baches durch die Ebene.
Uns braucht es gar nicht, habe er denken müssen. Diese nicht besonders originelle, aber immer wieder tröstliche Einsicht in die massgebende Überflüssigkeit von einem und allem habe ihn dann so leicht gemacht, dass es für seinen Sohn nicht mehr schwer gewesen sei, den Vater bis zur Feuerleiter zurückzutragen.

4

Auf dem Zifferblatt an meinem Handgelenk steht „Zenith", sagte Kern unvermittelt, als ich zu ihm ins Turmzimmer trat. Er steckte sich eine Zigarette an, rauchte.

Sie wissen, was das heisst: Es kann nur noch bergab gehn, ein Firmengeschenk.
Sie sind uns teuer, sagt der Konzernchef und überreicht mir die Uhr, die Belegschaft applaudiert, aber der Vorgesetzte macht dabei ein Gesicht, als wäre er mir meine letzten drei Kinderzulagen persönlich schuldig. Er liebäugelt längst mit einer schnelleren, geschmeidigeren Kraft. Über den Reagenzgläsern und Retorten riecht es bereits nach dem neuen Aftershave.

Kennen Sie sich aus in der Entsorgung von „Auslaufmodellen", haben Sie davon überhaupt eine Ahnung, Gnädige Frau? Kern drückte seine Zigarette in der Seifenschale aus, sah mich an.
Und wie steht es mit dem Rest der Verbindlichkeiten?
Er legte seine Schnürsenkel vor mir auf den Tisch, grinste. Ich gab sie ihm wieder zurück. Er bat mich Platz zu nehmen, wartete ab, bis ich sass.

Am Morgen im Vorortszug leuchteten mir die frischen Hemden Tag für Tag greller ins Gesicht hinein. Es gibt keine Streuner in meinem Quartier. Alle gleichen einander. Ich auch. Nur dass ich nach dem Aussteigen zwischen den Bürohäusern und Banken manchmal unverhofft im

Wasser stand, während die anderen weitergingen, auf dem Trockenen blieben, geschickt den Plastiktüten und Packpapieren, die der Wind vor sich hertrug, auswichen, ein Ziel vor Augen, Arbeit, Routine vielleicht bloss, eine Liebschaft im Kalender. Oder im Hirn. Ich blieb am Gehsteigrand stehen und liess sie vorüberziehen, bachab auch sie, als wüssten sie es nicht. Der Schweiss brach aus mir heraus, das Wasser stieg. Wind schlug um meine Ohren, trieb mir in kalten Schauern über den nassen Rücken. Dieser tägliche Schiffbruch, Herrgott!
Erst wenn es dunkelte, die Nacht hereinbrach, gelang es mir, mich aus dem Wasser zu ziehen, nudelfertig natürlich, und erschöpft vom Tauchgang, den man Alltag nennt.

Ich greife mir im Finstern an die Stirn und stelle erleichtert fest, dass sie schon im Trockenen liegt. Der Kopf jetzt wie mit Mehl eingestäubt, ruhiger Puls. Mit Papier und Plastik vollgestopft fahren die Müllwagen aus der Stadt hinaus zu den Deponien und grossen Öfen. Der Wind hat sich gelegt, darüber der volle Mond.
Trabant, sage ich zu ihm. Er nickt, stoisch, zieht einen Wolkenschleier vor dem Gesicht vorbei, verlässt seinen Hof, leuchtet.
Aber am nächsten Tag wieder der Gang zur Bahn.

Da und dort vielleicht schon ein Trauerrand am weissen Kragen – als Morgentrost. Auch ein aufgeschnapptes Schicksal kann den Tag manchmal retten und einem den Rücken stärken, der leise Nachhall des Weltraumlachens aus einer unversehrten Kinderkehle heraus, der kurze Blick einer Frau. Oder die mitgehörte Erlösung eines alten, wildfremden Onkels, der ausgerechnet am Nikolaustag endlich habe entschlafen dürfen, erstickt an seinem Lebkuchen, wie es hiess.

5

Kinder sind in der Luft, halbwüchsige, Kern schaute in den Neuschnee hinaus, als ich ihn am nächsten Tag besuchte, sinnierte: Eltern sitzen am Rand der Zirkusmanege, freuen sich, fürchten sich, spenden Applaus. Sie lesen aus der Unschärfe der grossen, vorbeiwirbelnden Gesichter ihrer Nachkommen die eigenen Züge heraus. Woher, wohin?

Und plötzlich über diesen jungen erhitzten Köpfen und Körpern leuchtet derselbe Trost, dieselbe Wehmut auf, wie sie über Friedhöfen zuweilen wahrzunehmen ist. Also auf den Antipoden, sagte Kern.

Vom Trapez herab, als halbwüchsiger Mensch,

müsste die Welt doch noch zu begreifen sein, Schwindel, Gefühle, schwebend, Frau Ann, im leichten Pyramidenschweiss der Primanerinnen und Primaner, die natürlich ihrerseits auch schon gejagt und geknechtet sind – von so minderen Instanzen wie unsereinem zum Beispiel –, und vom galaktischen Flackern der Stroboskope, den Flächenbränden der Laserkanonen. Gnadenlos eingesperrt in die magersüchtigen Konturen ihrer androgynen Vorbilder und Hintermänner. Als Leibeigene immer neuer Labels und Trends.

Kinder... sind ja eine... Instanz. Eigentlich die letzte, sagte er nach längerem Schweigen, zögernd. Man tritt vor sie hin und möchte vor dem endgültigen Abtreten noch einmal ohne Wenn und Aber vor jemandem bestehen.
Auf dem Rücken zusammengerollt das Zelt, das man zwei Jahrzehnte lang über ihnen ausgebreitet, in Wind und Wetter mit den Zähnen festgehalten hat, steht man wieder als Pfadfinder da und fragt nach den Koordinaten. Da wenden sich die Herangewachsenen, wie es im Buche steht, schon von uns ab und ihrem eigenen Leben zu.
Recht haben sie ja, ich weiss!
Wer Glück hat, bringt zwischen den irren Tapetenmustern ihrer neuen Zimmerwände hie

und da noch einen schmalen Schattenriss zustande, an dem sich die Nachkommenschaft abarbeiten kann. In Liebe. In Hass. Der Rest verblasst.
Die Kinder sind in fremde Händel verstrickt. Und werden schnell älter. Aber in uns rast noch immer diese Angst vor den Unfallstellen.
Das ist doch kein Dasein, Schwester!
Kern rollte sich auf dem Kanapee zusammen wie ein wundes, schweres Tier.

Regredieren Sie nicht, werden Sie sich jetzt denken, ich kenne das einschlägige Vokabular, sehe Ihre therapeutischen Mundwinkel zucken, aber bitte, sagen Sie jetzt nichts.
Kaum hat man die eigenen Eltern aufgeraucht, fungiert man doch schon selber nur noch als blauer Dunst.
Dagegen, verstehen Sie, gegen diesen unablässigen Kehraus, diesen elenden Verschleiss glaubte ich mich – unter anderm – wehren zu müssen. Und bin jetzt verwahrt. Hier.
Ist der Ort sicher?
Verstehen Sie überhaupt, wovon ich rede? fragte Kern.

Ich habe meine Eltern nicht gekannt, hörte ich mich zu meinem Erstaunen antworten. Und das

war, therapeutisch gesehen, natürlich falsch, aber nicht mehr rückgängig zu machen.
Kern fasste nach meinen Handgelenken, nicht grob, nicht hastig. Ich wollte ihn anherrschen, auch schreien wäre in Frage gekommen, aber da kam ich mir, unerwartet, schon wieder selber zuvor. Die Innenwände beschlugen sich mit Tau, der Regenbogen vor dem Fenster drang ungehindert in mein Fleisch.
Herr Kern, sagte ich, es ist spät, wir setzen das angefangene Gespräch morgen in meinem Sprechzimmer fort.
Ich verliess den Turm, fuhr mit dem Lift in den Keller. Hier war es finster, und der Duft der Wäscherei hüllte mich ganz mit seiner Feuchtigkeit ein.

6

Im Morgengrauen sei er aus einem hellen Traum erwacht, da hätten vor dem Turmfenster die Elstern zu wüten begonnen. Sie gaben den Ton an, Nesträuber, Schmarotzer, Groblinge. Müssen wir uns die Welt zunehmend als Elsternwelt vorstellen, knarrend und schwarz-weiss?, fragte Kern.
Er war von einem seiner frühen Spaziergänge

zurückgekehrt, gegen die wir, auch in Rücksprache mit seiner Familie, nichts einzuwenden hatten.
Kern war kein kranker Mann, nur müde. Und schwere Knochen habe er. Nach drei Wochen bat er mich väterlich, nein, liebenswürdig, mich mit meinem Stuhl an seine Seite zu setzen, damit wir beide in dieselbe Richtung schauten beim Zuhören und Reden. Mir war klar, dass ich in Kerns Stunden langsam Gefahr lief, meine Stelle, vor allem aber mein Leben zu riskieren, das ich mir doch so sorgfältig eingerichtet hatte. Selbstbestimmung im Privaten, Professionalität im Beruf. Ich setzte mich neben ihn, manchmal berührten unsere Ellbogen sich. Kein freudsches Setting – aber unverhofft „geerdet". Kern war mir mit diesem Wort aus unserem Jargon zu Hilfe gekommen, sprach es aus wie ein Gärtner.
Kommen Sie mit mir auf die Osterinsel! Kern wies mit der Hand auf meine Couch. Ich sah die Monolithe in einer Reihe stehen. Tiefes Licht, die turmhohen Köpfe, das dürre Gras. Ein Archipel ohne Schatten.
Kern lächelte, er war kein Verführer, einem Verführer hätte ich keine Gefolgschaft geleistet. Er war schon eher eine Art Auferstandener, kein Verheisser, bewahre, aber er hatte diese tiefe Stimme, eine warme, langsame Hand, und manchmal,

zugegeben, lag der matte Glanz von Blei in seinen Augen, zog ihn auf Grund.

7

Alle sind sicher vor mir, ausser ich selbst, sagte er mehr zu sich als zu meiner Beruhigung, hatte wieder diese fast frivole Nachdenklichkeit in der Stimme, die mir schon bei seiner Ankunft aufgefallen war. Er verwarf den Satz auch sofort wieder, kam aber dann doch auf seine Einbrüche zu sprechen, auf die Bodenlosigkeiten, die sein Leben eigentlich seit je, in letzter Zeit aber immer häufiger perforiert hatten. Sonnenflecken. Schwarze Löcher. Beim Reden hielt Kern sich jetzt manchmal an mir fest, ängstlich, selbstvergessen. Bis dann eines Tages das Driften begann. Wir schlitterten zusammen in ein Glück hinein, sprachlos, und lebten später dennoch immer wieder von seiner Beschreibbarkeit:
Der dunkle Spalt zwischen den einzelnen Wörtern und Sätzen, die Griffigkeit des Alphabets hatten es uns angetan, der Metapherglanz und das Vibrieren der Lippen, wenn wir uns erneut aufeinander zu buchstabierten, illegal, nein, nach eigenen Gesetzen. Weltvergessen, kühn. Und mürbe zugleich. Mit Haaren und Haut.

Vielleicht waren aber unsere enthaltsamen Sitzungen dennoch die schönsten. Vor dem Fenster fuhren Kinder Schlitten. Dann fegte ein Wärmeeinbruch die weisse Pracht weg.

8

Kern hielt über Wochen Diät, will sagen, er las keine Zeitungen mehr, verbat sich das Fernsehen. Er stand vor dem Spaltstock im Hof und zählte die Jahrringe in den frischen Robinienstümpfen, bevor er sie spaltete.
Auf den Schultern eine Last von Scheitern, zitierte er grinsend und trug das Holz hinters Haus, schichtete es auf, mit kreuzweis gestapelten Rändern.
Er warte nach jedem Tagwerk jeweils auf den Stolz, der ja unweigerlich in ihm aufsteigen müsste, wie er von den Maurern wisse, die mit ihren roten Backsteinen den Anbau hochzogen hinter dem Küchentrakt. So ganz wolle ihm diese Zufriedenheit aber noch nicht immer gelingen.

Am Aschermittwoch, der Name des Tages ist mir in Erinnerung geblieben, weil Kern sagte, heute gehe die Fastnacht zu Ende, am Aschermittwoch gingen wir über Mittag zusammen dem leeren

Bachbett entlang. Eine umgestürzte Buche robbte an Land, hölzerne Kadaver lagen ringsum, Pilzbefall überall, die rindenlosen Arme einer abgestorbenen Birke fingerten gelb in den bewölkten Tag hinein.

Eine traurige Wildnis, sagte ich.

Leben, meinte Kern.

Kann sein, aber ich habe dennoch Angst, eines Tages so ausgedörrt zu sein wie diese Schlucht.

Kern nickte und bot mir die Hand den Abhang hinunter. Wir türmten im Bachbett eine Stele aus grossen Kieseln auf. Sie würde an uns erinnern. Bis zum Ansteigen des Wassers, sagte Kern.

Er habe in der vergangenen Nacht von den Köpfen seiner Kinder gegessen, rote, fleischwarme Scheiben. Wie Kronos, sagte er nach einer Weile, schaute auf die goldene Uhr an seinem Handgelenk und erinnerte mich daran, dass ich ja schon bald zu meinen anderen Patienten zurückkehren musste.

Kronos hatte seinem Vater die Weltherrschaft geraubt und dann aus Angst, selbst auch wieder gestürzt zu werden, seine eigenen Kinder verschlungen. Bis auf Zeus, der ihn gezwungen habe, die Geschwister wieder auszuspucken.

Seit heute nacht, sagte Kern, fühle er sich wieder gesund.

Ich spürte einen Regentropfen hart auf meinen Kopf schlagen. Und den trockenen Mund. Zwei Eichhörnchen setzten einander von Krone zu Krone nach, der Schaufelbagger beim Stauwehr nahm seine ohrenbetäubende Arbeit wieder auf. Zunächst in den Tartaros verstossen, rief Kern mir zu, sei Kronos später Herrscher über die Seeligen geworden.
Schöne Aussichten, brüllte ich zurück und erschrak über meinen zynischen Ton.
Ja, sagte Kern, Kronos gelte auch, wenn man der Klinikbibliothek Glauben schenken könne, als Herrscher über die Menschheit im „Goldenen Zeitalter“, in dem die Menschen bekanntlich ohne Mühen und Sorgen, ohne Krankheit und Alter friedlich miteinander lebten.
Er lachte stockend und sah an mir vorbei in die Ebene hinaus: Ich muss in mein Leben zurückkehren, Ann, es ist Zeit.

Wahrscheinlich hatte ich Kern schon die ganze Zeit begeistert und entgeistert zugleich angestarrt. Kern sah nicht wie der Herrscher der Seeligen aus, aber den Traum hatte er begriffen. Als schwieriger Schläfer müsse er mit seinen Träumen haushalten, hatte ich in einer unserer ersten Sitzungen zu ihm gesagt. Jetzt nahm er mich beim Wort.

Als wir durchs Klinikportal traten, brach der Regen los, ein Maurer fluchte, da es in die offenen Isolierungen strägte. Ich versuchte mich wieder in die Pflicht zu nehmen.

Am Empfang verlangte Kern, als hätte er die ganze Zeit über in einem Hotel logiert, nach der Rechnung. Im Turmzimmer standen seine Koffer schon gepackt der Wand entlang.
Weisst du auch wirklich, was du tust? fragte ich.
Ich kann dich nicht heilen, sagte er leise und liess sich von mir schlagen, bis ich ermattet – ja, und glücklich war.

Adams Kostüm

Am Maskenball war Evelin auf den Franziskaner getroffen. Im Parterre der Wirtschaft schnauften die Bläser und das Akkordeon. Es wurde getanzt, getrunken und im Takt geschunkelt, währenddem der Gottesmann und das Mädchen einander unterm Dach ins Gebet nahmen, gründlich.

Alle Freuden und Sünden zählten sie zusammen sorgfältig auf, bis ihnen kein freier Finger mehr blieb und sie gezwungen waren, auch Schuhe und Strümpfe noch abzustreifen, um an den Zehen weiter zu zählen und ziehen.

Gegen vier Uhr in der Frühe erhob sich dann ein kurzer, heftiger Sturm, ein loser Fensterladen schlug im Takt der Tanzmusik gegen die Fassade, und die grosse Schlusspolonaise im untersten Stockwerk versetzte selbst das Dachgebälk noch einmal in Schwingung. Da und dort fetzten Interferenzen die alten Biberschwänze aus ihrer Halterung, als wären sie aus Papier. Nur der zugelaufene Cowboy aus dem Nachbar-

kanton blieb in seiner Saalecke regungslos liegen. Er war zu erschöpft, um noch einmal zurückzuschlagen. Die beiden Gotteskinder unterm Dach sahen, auf dem Rücken liegend, in den allmählich aufklarenden Himmel hinein:
„Oh, Adam!"
„Oh, Evelin!"
Mit je einer grossen Zehe im Mund fielen Evelin und ihr Mönch in den Schlaf.

Der Rektor erteilte die Geometrie vom Feldbett aus. Er trug sein Sprungbein im Gips. Evelin schlief weiter in der hintersten Bank. Sie konnte fliegen. Rechtwinklig ragte ihr linker Arm über die Tischkante hinaus:
A-Quadrat plus B-Quadrat gleich C-Quadrat. Evelin begriff ihren Pythagoras im Schlaf. Grill griff nach der Trillerpfeife, die ihm während der Turnstunden wie auch während seines Mathematikunterrichts stets um den Hals baumelte. Sie half ihm weniger, seine Autorität zu markieren, als sich selber bei der Stange zu halten. Er trug wie immer seinen schwarzen Rollkragenpullover und die unverwüstliche Manchesterhose dazu.

Als Turner und Denker war er sich dieses Tenü irgendwie schuldig, das rechte Hosenbein jetzt bis zur Hüfte mit Schlitz. Die Trillerpfeife hätte ihn fast das Leben gekostet, als er bei seinem verfehlten Abgang vom Reck mit der Pfeifenschnur am eisernen Dorn hängen geblieben war und beinahe erwürgt worden wäre. Evelin hatte die Schnur kurzerhand entzweigebissen. Das vergass ihr der Rektor nicht und liess seine Pfeife sinken.

Im leeren Festsaal tanzte der Staub in den Oberlichtern. Evelins Vater wischte die Konfetti zusammen und kippte sie mit den Pappnasen, den Zigarettenstummeln und Kartonbrillen auf einen Haufen. Daneben lag eine zerknüllte Mönchskutte, die er beim Verstauen seiner selbst gemalten Wanddekorationen unterm Dach gefunden hatte. Er griff nach dem groben Tuch und befühlte es, darauf liess sich malen.
Vor seinem Fenster trugen die Oberschüler in der behelfsmässigen Sänfte ihren Rektor vorbei. Seine Wunde wollte und wollte nicht heilen. Grill und Koni, beide ohne Frauen vor der Zeit, grüss-

ten einander von weitem. Adams Mutter hastete grusslos am Lehrer vorbei, sie hatte ihr Haar wieder einmal zu Hause vergessen und sich nur das getupfte Tuch umgebunden, war als Fliegenpilz durchs Dorf unterwegs.
„Niemand da?“, rief Evelin, die von der Schule nach Hause kam, in die leere Saalhälfte hinein.
Koni nickte.

Lieber als Wirt wäre Koni Kunstmaler geworden. Es gebe Maler, die aus der Sonne einen gelben Fleck machten und andere, die aus einem gelben Fleck eine Sonne machten, hörte er in seinem Kopf Liz' Stimme wieder durch das Museum hallen und spürte das Herz ein paarmal deutlich gegen sein vom Pinselabstreifen hart gewordenes Revers schlagen. Natürlich hielt auch er es lieber mit den „anderen“:
„Wer eine Sonne malt, hat einen Kosmos im Auge, eine Welt, Gestirne, Umlaufbahnen, das Vergehen der Zeit.“ Liz hatte Koni über ihre im Halbkreis versammelten Kunstjünger hinweg zugewinkt, vertraut.
Als der Saal aufgestuhlt und in Ordnung, die

Faltwand wieder eingefahren war, holte er seine Staffelei herbei, zerschnitt den handfesten Stoff und spannte ihn auf ein paar leere Rahmen. Er brachte die Grundierung auf. Mit Asche vermischtes Weiss für einen langen Winter, die Farbe von Konis Bart, von dem man sagte, dass er ihm über Nacht grau geworden war.

Am Nachmittag suchten die grossen Knaben der Oberstufe die Gegend nach gebrauchten Kondomen ab und wurden nicht gleich fündig im Schnee, in den Scheunen, warfen sich kurzerhand auf die vordersten Schlitten und steuerten den bereitstehenden Kufenzug der verschreckten Unterschüler in schneller Fahrt die Hauptstrasse hinab. Unterm Torbogen des Altersheims schlug eine Insassin ihre beiden Stöcke über dem Kopf zusammen, dass es krachte, und winkte den Vorüberrasenden zu unter ihren farbigen Kappen. Sie querten das Geleise der Eisenbahn, als die Signalglocken der Bahnschranke schon anschlugen, kreuzten jauchzend vor Lust und Angst das aggressive Geheul einer irrlichternden Ambulanz. „znalubmA!“ schrien sie.

Erst nach der grossen Kurve auf dem gesalzten Vorplatz der Gemeindekanzlei kam der Konvoi endlich zum Stehen. Die glänzenden Augen der Kleinen, die mit den Grossen zusammen als mutige Fracht erstmals die Schallmauer durchbrochen hatten, hingen an den Hochgeschossenen wie an Helden. Diese aber lehnten schon wieder an der kalten Schulter der nackten Bronzefrau in der Rabatte, rauchend, und liessen die Kleinen stehen im Schnee.

Bänkelloch, Hinternack, Höllweid. Auf dem Hügel neben der Baracke des Astroclubs Solaris mit ihren mondgelben Fensterläden, dem grossen Fenster im Wellblechdach stand Adam vor dem Wegweiser und sang seinen Satz, den er schon eine ganze Weile lang auf den Lippen mitgetragen hatte, leise in sich hinein:
„Wohin soll ich mich wenden?"
Am Gegenhang sah er zwischen den Häusern die Kolonne aneinander gehängter Schlitten talwärts verschwinden. Ihn schmerzte es zwischen den Beinen, ein müdes Ziehen. Hatte er eigentlich die Wunder der vergangenen Nacht nur ge-

träumt, den Engel, der ihm zum Abschied ein Stück Brot in die Hand und zwei Finger auf die Lippen gelegt hatte im Morgengrauen?
„Oh, Evelin!“
„Zwei Halbwaisen ergeben zusammen ein ganzes Kind“, hatte ihm Evelin im Lauf der Nacht immer wieder zugeflüstert und sich über und unter ihm ausgebreitet, sanft sein geteiltes Ohrläppchen gestreichelt. So wunderbar warm war ihm sein Leben lang noch nie gewesen.
630 Meter über dem Meer, las er auf dem neuen Wegweiser, ihm schwindelte. Er biss ins Brot und ass einen Brocken alten Schnees, setzte seinen Weg fort.

Im vorangegangenen Winter hatte man Adam noch am eisernen Gartenzaun stehen und an den Staketen lecken gesehen. Im weitläufigen Garten des Baumeisters war ein heisses Match im Gang gewesen. Auf dem frisch gespritzten Eis tummelte sich die Auswahl des Baumeistersohnes, seine Mutter hielt für die Sportler Punsch und Kuchen parat. Adam ohne Schlittschuhe war vor der Tür geblieben. „Tooor!“ schrien sie drinnen und

schlugen den Puck in seine Richtung, er wich zurück und blieb mit seiner Zunge am kalten Eisen kleben:
Sie hatten, ohne sich anzustrengen, einen Gefangenen gemacht, immer denselben, lachten. Adam lallte und wimmerte vor Schmerz, er hatte sich eine tiefe Schramme in die festsitzende Zunge gerissen, wollte fliehen. Da kam Evelin mit einem Krug warmen Wassers über die Strasse gerannt. Sie löste sein gemartertes Fleisch sorgfältig vom Eisen. Adam geriet ins Stammeln, er hatte Blut im Mund und Tränen in den Augen. Die gut gepolsterten Eishockeyaner bissen vor Eifersucht die Zähne zusammen, als sie Evelins Hände an Adams bleichen Wangen sahen.
Nach einer Weile kam Adam dennoch mit Vaters Axt in der Hand zurück und wurde vom Ortspolizisten auf Geheiss des Baumeisters in Gewahrsam genommen. Adams Vater hatte sich kurz zuvor in den Mund geschossen, so erstaunte die Gewaltbereitschaft seines Sohnes nicht weiter. Und als man ihn endlich versorgt hatte, wurde er, wie es hiess, auch von niemandem vermisst.

Der junge reformierte Pfarrer hatte nach dem unschönen Zwischenfall mit Adam seine Diaspora von der Kanzel herab zur Nächstenliebe angehalten. Go tell it on the mountains, sangen seine Konfirmanden ins schwach besetzte Kirchenschiff hinaus. Die Versammelten verstanden zwar nicht, was ihre Kinder und Kindeskinder im Chor sangen, wippten aber leise mit. Wie an den Samstagabenden vor dem Ersten Programm. Das Mädchen an der Gitarre brillierte mit seiner rauchigen Stimme, ein bleicher Knabe versuchte dazu zwei Suppenlöffel im Takt aufeinander zu schlagen und störte. Go tell it on the mountains, over the hills and everywhere...

In der szenischen Darstellung der Bergpredigt, die den Negro Spirituals auf dem Fuss folgten, stieg Jesus langsam von der Empore herab. Der junge Pfarrer hielt unbeirrt seine linke Wange hin, und der breiteste Konfirmand langte wie schon bei der Darreichung der rechten Gesichtshälfte kräftig zu. We shall overcome, sangen sie, we shall overcome. Nur Adam blieb flüchtig. „Einer flog über das Kuckucksnest", empfahl Evelin ihren Schulkameraden für den Sonntagnachmittag. Sie hatte den neuen Film als erste gesehen.

Gezogen vom Licht, das waagrecht unter die Hirnschalen hineingezüngelt hatte, musste Evelins Mutter schon sieben Jahre zuvor Richtung Süden aufgebrochen sein. An ihren kräftigen Füssen die roten Tangoschuhe, im Gepäck ein kleines Glas Honig und drei reife Zitronen. Sie fehlten auf Konis Tisch, als er kurz nach Mittag übernächtigt aus der Stadt zurückgekommen war, er hatte die Früchte malen wollen. Es war Mai.

Koni fuhr erst nach drei Tagen in seinem Wagen wieder los. Mit Halt in Avignon, Nîmes, Béziers und Narbonne. Zwischen den Zähnen den Namen seiner Frau – Liliane!

Nahe der spanischen Grenze setzte er sich ins Grand Café und bestellte einen Pernod mit den gesalzenen Mandeln dazu. Er wartete im Schatten des hohen Raumes auf seinem alten Platz, stoisch, und gewahrte in der Spiegelwand des Lokals, dass ihm der Bart in diesen Tagen grau geworden war.

Möglich, dass Liliane wieder in ihr Elternhaus zurückgekehrt war. Aber dort mochte er sie nicht suchen gehen, sie hatten ihm in Carcassonne ständig an seinem Französisch herumkorrigiert.

Im Grand Café hatte Koni seine Frau kennengelernt und ein paar Tage später zu einem Konzert begleitet in die nahe Abtei. „Raste Krieger, Krieg ist aus!“ Die Fledermäuse jagten den ganzen Abend lang durchs Kirchenschiff, und Koni flüsterte der jungen Dame die französische Übersetzung des Textes ins Ohr.
Als erstes hatte die Sängerin tatsächlich ein deutsches Lied gesungen. Man hörte, zehn Jahre nach der Kapitulation, hinter diesen zwei kurzen Sätzen noch immer das Entstehen der Gänsehäute im Saal. Koni legte der Französin die Hand auf die Hand und verlor sich endgültig zwischen den etwas zu weit auseinanderstehenden Augen von Liliane. Ausgerechnet am Tag, als in Algerien der Kampf gegen die Kolonialmacht begann, hielt Koni in Carcassonne in aller Form um die Hand von Liliane an.
„Cherchez la femme!“, schrieb ihr Vater dreizehn Jahre später in seinem kurzen, unmissverständlichen Brief an Konrad und plädierte für eine rasche Fernscheidung. Monsieur war schon immer gegen die Auswanderung seiner einzigen Tochter gewesen, jetzt hatte er sie wieder zu sich zurückgezogen mit seinem grossen französischen Vatermagneten. Der Brief hatte schon auf dem Tisch gelegen, als Koni ohne Liliane aus dem Süden zurückkam und Evelin sich wieder in

ihrer Baumhütte versteckte, stumm. An diesem Abend machte Eveline aus Eveline *Evelin*.

Im selben Frühjahr waren die Polizisten von Wasserwerfern flankiert vorgerückt wie eine steinerne Wand, während die Demonstranten immer wieder gegen die Schutzschilder anrannten, Pflastersteine warfen, Autos umkippten. „L'imagination au pou...", las Koni auf einem Abfallcontainer, bevor dieser in Flammen aufging. „Leg dich auf mich, damit ich dein Gewicht spüren kann", hatte Liz ihn gebeten, „mein Freischütz, mein Wild!"

Koni war am Fenster stehengeblieben. Er hatte über die Stadt hinweg und in die Flammen gestarrt, in die wuchtige Gischt der Wendrohre hinein und wollte nur heim. Er kam mit dieser freien Liebe einfach nicht zurecht, riss sich rüde von Liz los.

Nachdem er gegangen war, spürte Liz einen unsäglichen Brand in den Augen, das zähe Würgen im Hals und in ihren langen, zitternden Beinen das Entstehen des neuen Ganges. Er wuchs an ihr hinauf wie eine Krankheit, unheilbar.

Liz legte sich anstelle der Liebe ein noch untrüglicheres Urteil zu und die teurere Garderobe. An ihrer Schlafzimmerwand hing ein Bild mit drei Quadraten. In Rot. In Gelb. In Blau.
Als Koni nach Hause kam, war Liliane schon nicht mehr da.

Im Astroclub Solaris behauptete man, den ersten Amerikaner gesehen zu haben, auf dem Mond, leibhaftig. Ein kurzes Aufblitzen von Armstrongs Helmvisier musste es vermutlich gewesen sein, im Meer der Stille, Stars and Stripes, aber ganz sicher war man sich nicht.
„Ho, Ho, Ho Tchi Minh!“, hatte darauf einer der Hobby-Astronomen in die Aufregung hineingerufen, die ganze Baracken-Besatzung war dem roten Adrian wie ein Mann übers Maul gefahren. Ho Tschi Minh heisse übrigens „der Erleuchtete“, wollte Adrian noch beifügen, aber „Moskau einfach! oder noch besser: Auf den Mond schiessen, ohne Helm!, nein, das Herz herausnehmen und von Doktor Barnard ein anständiges hineinoperieren lassen“, schlugen seine Kollegen vor – und meinten es nicht so bös, wie sie es sagten.

In den darauffolgenden Wochen schon schwenkten sie wieder gemeinsam in die Milchstrasse ein oder hängten sich an den goldenen Schweif eines Kometen und liessen sich von ihm durch die klaren Nächte tragen, dem Gleichgewicht terrestrischer Schrecken ganz und gar enthoben. Vor der Baracke wurde in diesen denkwürdigen Tagen durch den Wegmarkierer ein neuer gelber Wegweiser gesetzt.

Adam war die Besserungsanstalt einfach nicht gut genug gewesen, nur Wasser und Brot wegen Lappalien, Einzelhaft. Dazu die Schläge und Demütigungen Tag für Tag. Er hatte die Feste Burg, wie der Anstaltsleiter sein Heimwesen vor Gästen gerne zu bezeichnen pflegte, heimlich verlassen – mit Hilfe seines Seiles, das er für alle Fälle und zum Aufhängen immer versteckt gehalten hatte. Die Zöglinge unter sich, sie traktierten einander am liebsten mit der blanken Klinge, brachten einander, wo es nur ging, ihre blutigen Zeichen bei.

Ein wenig erschrocken vor der eigenen Kühnheit hatte Adam um Mitternacht am Fuss des hohen Felsens gestanden, es war kalt, steifer Februar. Er holte sein Tau ein. Oben auf Deck gingen die Lichter an, der Kapitän trat an die Reling, fluchte in die eisige Nacht hinaus. Adam galoppierte Richtung Moos davon, wiehernd. Er war frei. Und von allen verlassen.

Nicht zaudern jetzt, rennen, er überquerte die grosse Ebene, lief gebückt durch den Wald, wich Höfen und Hunden aus und schlief auf der kalten Bank einer Kapelle ein. Auf dem gemalten Medaillon direkt über dem Kopf des Schlafenden hielt Abraham Isaak in die Höhe, an den Füssen, wie einen Hasen.

Als Adam erwachte, war er mit der Mönchskutte zugedeckt. Der braune Sack roch nach Weihrauch und altem Schweiss und hatte ihn warmgehalten. Erst nach dem Einbruch der Dämmerung war Adam wieder losgezogen, heimwärts.

Schnee malen. Und im Schnee die drei leeren Bäume, die den Himmel tragen. Oder das Ganze nach innen drehen, Morandi folgen, der Brüderlichkeit unter den Dingen, die Tischkante als Weltenrand lesen. An Flaschen und Gläsern fehlte es ja nicht im Haus. Nur vor der Leinwand versage er nicht, dachte Koni manchmal von sich. Und das war, er wusste es, auch nur die halbe Wahrheit.

Aber Koni war einverstanden, als ihm seine schwangere Tochter drei Monate nach dem Maskenball die Idee mit dem sofortigen Schulaustritt und der Eröffnung eines Kostümverleihs vorschlug. Er stellte sich uneingeschränkt hinter sie, trat ihr für das Kleidergeschäft die Hälfte des Saales ab, übergab seinen Restaurationsbetrieb an einen Pächter. Und stopfte mit seiner Entschiedenheit die losen Mäuler im Ort. „Es ist ein Wunschkind", hatte Evelin zu Koni gesagt und keine Antwort erwartet.

Die Maskenbälle sollten künftig und in Absprache mit der Schulbehörde in die Turnhalle verlegt werden, der Rektor war nach einigem Hin und Her auch einverstanden. Sein Spielbein war ihm mit der Zeit zum Standbein geworden, so dass er jetzt wieder gehen konnte, hinkend. Er war als Präsident der örtlichen Guggenmusik im Gespräch.

Die Oberschüler rissen den Fliegen die Flügel aus und schickten sie Evelin, um sie mit ihrem Verdacht auf den „Heiligen Franz“ zu demütigen. Es hatte unter ihren Mitschülern keinen einzigen gegeben, der sich Evelin nicht schon als seine Liebste erträumt hatte. An den jährlichen Examensbällen standen sie Schlange vor Evelins Stuhl. Sie tanzte mit jedem. Und tanzte mit keinem. Es kam den Tänzern vielmehr vor, als hielte sie zwischen ihren roten Köpfen hindurch stets Ausschau nach einem, der noch kommen sollte. Trotzdem liess Evelin sie die Musik ihres geschmeidigen Körpers spüren, dass ihnen Hören und Sehen verging. Evelin war nicht einfach nur ein Jahr älter als alle andern, sondern schon eine Frau. Manchmal streifte ihr dunkles Haar die Ohren der erhitzten Tänzer, sehnsüchtig suchten sie nach ihren Augen, sie waren blau. Die Augen ihrer Kameradinnen aber wurden an diesen Abenden allesamt grün. Am Schlussball war Evelin nicht mehr dabei.

Ende August rollte sie ihren Schlafsack aus auf offenem Feld. Evelin wollte die Sterne sehen, unverstellt, die Heraufkunft von Orion in der Morgenfrühe. Am Waldrand joggte der reformierte Pfarrer vorbei, keuchte. Am achten Dezember kam Sandra-Melanie zur Welt. Im Jahr der Frau.

Grills Frau war am „Lachgas“ gestorben. So hatte es einer in der Wirtschaft erzählt und die beiden Ursachen für ihren frühen Tod in einem Wort zusammengefasst. Sie hatte leidenschaftlich lachen können, wenn es etwas zu lachen gab. Hatte sich gekrümmt vor Lachen. Mit hochrotem Kopf nach Atem gerungen. Manchmal war sie dabei auch zu Boden gegangen. Vor dem ganzen Saal, vor dem Rektor in die Knie gesunken. War kurz vorm Ersticken und mit tränenüberströmtem Gesicht auf dem Fussboden liegengeblieben, bis ihr Turnlehrer und Lebensretter, ihr starker Mann sie unter den Armen gepackt und sie an den Ernst des Lebens erinnert hatte. An die Frühgeburten und das langsame Verschüttgehen ihrer gemeinsamen Hoffnungen im Lauf der gemeinsamen Jahre: Diese plötzliche Traurigkeit dann in ihren Augen war noch viel schwieriger auszuhalten als ihre Lachsucht vorher.
Eines Tages nahm sie das Gas. Drei Wochen nach ihrer Beerdigung, auf den Tag genau, stürzte der Witwer vom Reck. Man hatte diese Mischung aus Mathematik und Fliggflagg ja sowieso nie recht begreifen können an ihm.

Zuerst kamen die Bräute und lieferten ihre Ware ab. Chiffon, Seide, die Marabufedern. Grill steuerte zu Ostern einen Vollwichs aus seiner Studienzeit bei. Im Schrank von Evelins Mutter lagen unangetastet die Flamencofahne und das Can-Can-Kleid. Noch vor der Uniformenweihe im Nachbardorf traf das Angebot einer kompletten Blasmusikausrüstung ein. Evelin lehnte ab, bereiste mit Sandra an der Hand in immer weiteren Kreisen die Brockenhäuser. Sie sammelten Zylinder ein, Tropenhüte, den Gehrock, einen Edenhut. An ihrer Seite trug Sandra in einem Umhängetuch die Puppe mit. Dann ging durch glückliche Umstände der ganze Fundus eines Stadttheaters an Evelins Haus: „Adams Kostüm. Verleih Evelin Schwarz“ liess sie in grossen Buchstaben an ihre Saalfassade schreiben.
Typisch Evelin, sagte man sich und gewöhnte sich daran. Nur die kleine Sandra nahm die Firmenbezeichnung ernst:„Zeig mir sein Kleid“, bat sie. Evelin winkte lachend ab. Sie nähte an einem Gorillagewand, formte Damenhüte und wilde Masken, steckte Federn auf, kam über Umwege zur Flügelhaube einer französischen Vinzentinerin und dem nigelnagelneuen Bischofsornat. Zu Ehren des toten Mao Tse-Tung nahm sie auch eine hochgeknöpfte Arbeiterjacke in ihr Sortiment auf.

Liz war seit langem wieder einmal den Jurasüdfuss entlanggefahren, hatte zu ihrer Rechten die langgestreckten Rücken der alten Bergkämme liegen gesehen, links die grüne Ebene, beruhigend. Im Zugabteil zankte sich leise ein junges Paar, zwei ältere Leute sassen einander stumm gegenüber, vier zugestiegene Frauen führten unablässig ihre erwachsenen Kinder gegeneinander ins Feld, und ein Langweiler in roten Hosen schwärmte von seinem ersten Computer.
Liz hatte es übernommen, in der Romandie eine Ausstellung zu besuchen und darüber zu berichten. Ihr graute schon im voraus davor: Bilder von Stieren und nackte Frauen in den Armen von Athleten, Wuschelhaar.
Auf der Überlandstrasse parallel zum fahrenden Zug verfolgten einander zwei Sattelschlepper in rasender Fahrt. Liz sah um sich herum nur lauter Entzweites, das aneinandergekettet war, und ihr schien, dass sich jetzt auch die Stimmen und Sprachen im Waggon zunehmend verzweigten und lauter wurden. Bis der Schaffner erschien und – sie traute ihren Ohren nicht – anstatt nach Basel tatsächlich einen Anschluss nach „Babel" ausrief – sie schwöre es, sagte Liz, als sie Koni von ihrer Reise erzählte.

In Konis Saalhälfte brannte Licht. Sein Dorf war ja auch Liz' Heimatort. Sie war, aus der Westschweiz kommend, kurzerhand durchgefahren bis „nach Hause“, hatte im Vorübergehen den Kostümverleih mit einer ihrer Roben alimentiert, da sie sich in Genf zum Trost etwas Neues gekauft hatte.

Liz tigerte um Konis Staffelei herum, so elastisch wie sie bereits kurz nach ihrer Ankunft schon durchs ganze Dorf getigert war. Die Oberschüler hatten in der hereinbrechenden Dämmerung sofort ihre Fährte aufgenommen.

Liz hätte Konis Pinsel beinahe wieder durcheinandergebracht. Als bekannte Rezensentin für bildende Kunst wollte sie ausgerechnet ihm, Koni, beim Malen zusehen, wie sie behauptete. Wo hatte sie bloss diesen eigenartigen Gang her – oder war sie ganz einfach nur müde und hätte ein wenig ausruhen wollen?

Koni bot Liz sein durchgehocktes Sofa an. Liz schlüpfte aus den Schuhen und schlief sofort ein. Die Oberschüler drückten die Nasen platt an den Scheiben. Koni deckte Liz mit seinem Mantel zu.

Als Halbwüchsige hatten Liz und Koni einander schon gern gehabt, am liebsten in den Waldkulissen des Gemischten Chores, zwischen denen auch Grills Frau Jahre später wieder aufgeblüht war: Als Lustige Witwe und Verkaufte Braut. Zuletzt als die Sphinx.

„Mein Freischütz", „mein Reh", hatten Koni und Liz zueinander gesagt. Aber aus Konrad war kein Jäger geworden, sondern ein malender Wirt, und Liz hatte ihren gemeinsamen Wald rasch hinter sich gelassen:

„Home is wherever my friends are", schrieb sie ihm wenig später aus der Stadt. Von dort war Koni in jenem sehnsüchtigen Mai in sein Dorf zurückgekehrt, verwirrt, nachdem ihn Liz doch gerne wieder bei sich gehabt und auch er, Koni, sich für eine Weile in ihre langen Arme zurückgewünscht hatte.

Im Autoradio hatte er auf der Rückfahrt aus der Stadt Jean-Paul Sartre zu den Arbeitern reden gehört, von einem Ölfass herab, und kein Wort verstanden.

Die ältesten Schüler waren von der Schule abgegangen, ins Gymnasium übergetreten oder absolvierten ihre Lehren. Die meisten verliessen den Ort. Und Malte erntete früh literarische Lorbeeren, wie es seine Eltern von Geburt auf für ihn vorgesehen hatten.

Evelin hatte aus dem kleinen Schaufenster ihres Réduits heraus dem abgängigen Treiben ihrer ehemaligen Schulkameraden zugeschaut. Sie waren nach Evelins vorzeitigem Ausscheiden aus der Klasse füreinander beinahe unerreichbar geworden. Und Evelin bediente sich ihrer wachsenden Garderobe für ihre eigenen Zwecke zudem so virtuos, dass sie für die einstigen Kameraden zunehmend unkenntlicher und in weitem Umkreis immer bekannter wurde. Sie trug Tag und Nacht einen Hut.

„Wut tut gut", las sie an einer Hauswand in der Stadt, zog ihre Kopfbedeckung in die Stirn, betrat die Autonome Republik der „Bewegten" und fühlte sich auch in dieser Nation eher fremd. In ihrer Tasche trug sie Maltes letztes Gedicht „Parkordnung" mit. Er hatte es der einheimischen Zeitungsredaktion aus Paris zugeschickt.

Die Frau von Angoulême,
Königin von Navarra vor fünfhundert Jahren,
sie kehrt dem Abend den Rücken zu.

Auf den Teich hinaus
setzen die Möwen
sich vom Taubenvolk ab.

Und wie jeden Tag
lassen die Mütter ihre Kinder nicht
übers Wasser gehen.

„Die Zweite Hand", fügte Evelin ihrem Kostümverleih selbstbewusst hinzu und stieg ins ganzjährige Secondhandgeschäft ein mit ihren Klamotten. Im Frühjahr nahm sie die Pelze herein und stiess sie im Spätherbst wieder ab. Sandra sass zwischen den Batiktüchern, sie hatte die abgegriffene Puppe und ihren blauen Hasen im Arm.
Nein, einen Vater gebe es bis heute nicht, der für ihr Kind zu sorgen habe, das möchte sie weiterhin selber tun, versicherte Evelin bei Sandras Schuleintritt.

Zur Feier des Tages liessen die Erstklässler rote Ballone steigen mit ihren Namen daran. Drei Tage später kam Sandras Karte zurück vom Rhein. Ein alter Mann schrieb der Schülerin, wie sehr er sich darüber gefreut hätte, dass ihr roter Ballon zwischen seinen roten Geranien gelandet sei, wo auch Thymian und Basilikum wüchsen, auf dem Küchenbalkon.
Er selber habe früher in der Fabrik gearbeitet als Techniker, am liebsten aber sei ihm das Cellospiel. Seine Frau und er hätten auch drei Kinder gehabt, die ebenfalls wieder Kinder hätten, junge, schöne Erwachsene. Aber am Tag, als Sandras Ballon in den Blumen gelandet sei, hätten sie gerade seine liebe Frau beerdigen müssen. So spiele das Leben halt manchmal mit einem, je nach dem Wind.

Liz schrieb aus Amerika. Sie hatte in Cincinatti das Ölbild mit dem Indianer gesehen, der mitten in der Steppe gebannt an einer Telegraphenstange horcht, und wollte ein Zeichen geben.
Sie sei auch am Grab von Martin Luther King gewesen, fügte sie hinzu. Aber einen Traum

habe sie in diesem grossen Land noch keinen gehabt.
Liz liebte neben der Strenge das Rhapsodische, auch in der Kunst. Aus Rouen hatte sie Koni „Les Enervés de Jumièges“ geschickt, auf dem Bild sind zwei Lädierte zu sehen, bleich und matt. Sie treiben auf einem bettähnlichen Floss in einen See hinaus, zu ihren Füssen ranken sich rote Rosen um ein Tabernakel, und eine Kerze brennt. Vielleicht werde ich dich eines Tages doch noch zu Tode pflegen, schrieb sie Koni mit rotem Stift dazu. Und meinte es weniger zynisch, als es da stand.
Vor Jahren schon hatten sie einander nämlich versprochen, falls es einmal so weit kommen sollte, dass sich eines von beiden nicht mehr gegen das Weiterleben zur Wehr setzen könnte aus eigener Kraft, zur Stelle zu sein. Von Zeit zu Zeit mahnten sie einander an diesen Vertrag.

Koni übte im hinteren Saalteil auf dem Seil. Auf einer Eisenbahnschiene balancierend, hatte er sich eines Tages, es war lange nach Lilianes Verschwinden, zum ersten Mal wieder von Schmerz

und Hader befreien und sich auf seine eigenen Füsse konzentrieren können. Evelin war auf der anderen Schiene leichtfüssig neben ihm her gegangen. Als sie vor dem unbewachten Bahnübergang auf ihr Kommando hin kehrt machten, berührten sich ihre Fingerspitzen. Sie erschraken voreinander und lachten: „Oh!“
An diesem Sonntag waren Vater und Tochter zwei Verschworene geworden. „Schiller oder Goethe?“, hatte Evelin gerufen. „Goethe“, sagte Koni. „Jimi Hendrix“, sagte Evelin. Und da an Konis Wirtschaft kein Bahngeleise vorüberführte, kaufte er sich die Spannvorrichtung und das Seil. Ein paar Wochen zuvor hatte man ihn offiziell als geschieden erklärt. Er liess den Gram fahren, endgültig, wie er meinte.

Vom nahen Hügel herab bog der reformierte Pfarrer Richtung Dorf ein, es war Sonntag, seine Stellvertreterin stand auf der Kanzel und predigte für ihn. Er war frei. Ein freier Mann. Ein noch beinahe junger, freier Mann. Und seit einiger Zeit ein Wald-, ein Dauerläufer. Er kannte die Ekstase bei der Ausschüttung des Heiligen

Geistes und er kannte sie vom Laufen her, das im Glücksfall zum Fliegen wird. Und so schwebte er in seinem neuen farbenfrohen Renndress seiner Gemeinde entgegen, rannte er auf seine Kirchentür zu. Es drängte ihn nach Verkündigung, als er durch den Mittelgang joggend unter den Segen seiner Stellvertreterin hineinlief und die Gemeinde ihren Atlethen erkannte: Was für ein Mann!, riefen die drei Vorbeterinnen und gingen ganz ungewohnt auf die Knie, während die Pfarrerin ihren Kollegen, geistesgegenwärtig, wie man sie kannte, noch einmal um den Taufstein herumführte und dann bis zum Abend, Strafe musste sein, in der Sakristei einschloss. Sein Renndress ging später an Evelin.

„Der eine Geistliche im evangelisch gewordenen Soglio", gab der Pfarrer seiner strengen Kollegin zu bedenken, als sie ihn aus der Haft befreite, „entkam knapp der Inquisition, der nächste förderte die Bienenzucht, ein weiterer wurde zum Dante-Forscher. Ich renne", sagte er.

Die Asche von Adams Mutter begrub man unter dem Birnbaum, ein Hochstamm, von dem sie

gestürzt war, nachdem sie vergeblich nach neuen Freiern Ausschau gehalten hatte, die nicht mehr kamen, seit sie ihr Haar, ihren Mann, ihren Sohn verloren hatte.
Sie war gegen Mitternacht samt Leiter steif gefroren ins Asternbeet gekippt in ihrem geblümten Morgenrock. Ein Spätheimkehrer hatte sie auf seinem Weg vom Bahnhof für die Vision eines blühenden Rosenbeetes gehalten, wie er mit hochgeschlagenem Mantelkragen der herbeigeeilten Reporterin einer Boulevardzeitung entgegenhielt, zitternd vor Kälte und anhaltender Verwunderung. Evelin stellte eine Kerze aufs Grab.

In Begleitung einer schwarzen Frau kam Grill aus Afrika zurück. Er war allein den Äquator entlanggehinkt, um den dunklen Erdteil in ihm, der nach dem Tod seiner Frau immer grösser geworden war, auf Anraten seines Psychiaters endlich aus sich herauszuschwitzen.
Der neuen Frau war er hinter einem alten Baum begegnet. Sie fragte ihn nach seinem liebsten Tier. Er nannte den Elch. Die Frau formte mit

ihren Händen zwei weisse Schaufeln über der schwarzen Stirn. Von ihrer natürlichen Kraft angezogen, folgte ihr Grill durch den Busch bis zur Stadt. Den Rest des Weges legten sie im Flugzeug zurück.

Als der Rektor nach den langen Sommerferien seine dunkle schöne Frau zum ersten Mal durchs Dorf führte, vibrierten da und dort die Fensterscheiben. Und der Himmel quittierte den kühnen Auftritt mit einem schrecklichen Hagelwetter. Aber Grill war in Afrika vor Glück unverwundbar geworden.

Koni konnte das Gleichgewicht doch nicht wiederfinden. Auf der Staffelei in der hinteren Saalecke blieb ein Bild von ihm stehen, das einen einzelnen Mann zeigt. In dunklem Braun gehalten sitzt er auf einer niedrigen Mauer. Über ihm wölbt sich die durchsichtige Krone einer blattlosen Kastanie, eiskalt leuchtet dahinter das Glasdach der Aluminiumindustrie in den milchigen Tag hinein. Eine helle Staubschicht liegt über den Farben, eine Ahnung von Schnee.

Auf der Palette lagerten eingetrocknet die Pinsel.

Koni konnte von den Zinsen leben und lebte doch nicht recht. Das Geld seiner Eltern, das sie ihm hinterlassen hatten, habe ihn von Anfang an nur müd gemacht, musste er manchmal denken. Er hatte als Gegengift eine Kartei seiner liebsten Bilder angelegt, verwahrte die abgegriffenen Kunstkarten im Schrank, am meisten hatte Liz zu dieser Sammlung beigetragen, aus allen Ecken der Welt.
Sogar während aus Helsinki die Nachricht von Liz' plötzlichem Herzversagen eintraf, war noch eine Karte an Koni unterwegs, ein weisser, verunglückter Engel, zwei Knaben in grossen Stiefeln tragen ihn übers Gras. Aber Koni hatte sich schon lange vom Malen ab- und wieder der Wirtschaft zugewandt. Als Gast. Einen leiseren Trinker hatte man im Ort nie gehabt.

Nach der Generalversammlung ging ein Gerücht um in der Damenriege: Die Kassierin des Vereins, eine ansehnliche Bodenturnerin, wollte Evelins Franziskaner in einem süddeutschen Beichtstuhl als Priester begegnet sein – auf der Fahrt zum Titisee, die sie, wie es hiess, in männlicher Begleitung, wenn auch nicht mit ihrem Ehemann angetreten hatte. Da sei es sozusagen notgedrungen zum Beichten gekommen, was man ja gerne verschwiegen hätte, wäre da nicht ausgerechnet dieser Mönch der diensttuende Beichtvater gewesen, der einen, wie gesagt, an jenen Gottesmann zur Zeit des Maskenballes vor Jahren erinnert hatte.

Der Fremde mit der Mönchskutte und einer eher zweifelhaften Tonsur hatte damals eine rote Pappnase im Gesicht getragen. Jede Nähe meidend hatte er sich weder unter die Tanzenden gemischt, noch an einen der langen Tische zu den Leuten gesetzt. Er war aber ziemlich rasch von Evelin hinters Buffet gelockt worden und mit wehendem Rock auf Nimmerwiedersehen verschwunden. Bis ihn die Kassiererin hinterm Gitter des Beichtstuhles wieder zu erkennen meinte.

Von allen Sünden befreit, trat sie darauf die Heimreise an. Und vogelleicht wäre die Turnerin auch zu Hause wieder gelandet, wäre sie nicht von demselben Mann, grau im Gesicht und mit geweiteten Pupillen, wie sie behauptete, einen halben Tag später am Basler Bahnhof schamlos um Geld angegangen worden.

Den Aperitif servierte Evelin zwischen den Kostümen. Etwas fremd und verschämt und neugierig zugleich betraten die ehemaligen Schulkameradinnen und -kameraden Evelins Reich. Sie hatte überraschend eingeladen. Und alle waren gekommen. Der Pickligste des Jahrgangs hatte keine Pickel mehr, und dem Kraushaarigen fehlten die Haare. Nur Malte war bereits gestorben, aus dem Fenster seines eigenen Zimmers auf den Kopf gefallen. Und Sonja kam vom toten Meer zurück, eine Hautsafari. Sie zeigte im tiefbraunen Teint die verbliebenen schneeweissen Stellen. Adam wurde von niemandem vermisst.

Mit Verlusten müsse gerechnet werden, das hatte die jungen Männer der Militärdienst gelehrt. Und die Frauen widersprachen ihnen nicht. Man zeigte einander und rühmte die Farbfotografien der eigenen kleinen Kinder. Die anfängliche Hast beim Trinken nahm allmählich ab, der Lärmpegel stieg.

Sandra stand mit einem Tablett auf der Hand zwischen den Kleiderständern und musterte Mutters Gäste in ihren ernst gemeinten Anzügen. Für ihren Auftritt als Serviererin hatte sich Sandra ein weisses Häubchen umgebunden. Sie trug die Zebraschuhe dazu.

Schon für das einzige Klassenfoto hatte Malte gefehlt. Es war am Ende des sechsten Schuljahres entstanden, während der Grippezeit. Malte war im Elternhaus zurückbehalten worden wegen der Ansteckungsgefahr.

Daniel. Marianne. Gustav. Ursula. Susanne. Malte. Die Namensschildchen der Erkrankten standen gut lesbar auf den leeren Schülerpulten zwischen den zwölf gesunden Kindern, diese trugen einen neuen Bleistift in der rechten, der Schreibhand, und berührten die Schulbank mit der anderen Hand. Nur Evelin beharrte auf ihrer Linkshändigkeit. Sie störe den schönen Gleichklang des Bildes, befand der durchreisende Fotograf. Aber Evelin, mit hochgezogenen Augenbrauen und angehaltenem Atem, hielt an ihrem Menschenrecht fest, bis er einlenkte.

Zwischen Maltes nachgelassenen Manuskripten hatte man auch dieses Klassenbild gefunden. Sein eigener Vorname war mit Bleistift durchgestrichen. Es kam zu einer Schweigeminute. Dann nahm man die Gläser wieder zur Hand.

Ausgerechnet der Baumeistersohn mit seiner schwindenden Belegschaft und dem Konkurs im Nacken trumpfte mit neuesten Nachrichten über Alfons auf:

„Die kreisrunde Kahlheit, ihr wisst schon“, sagte er. Alfons war nur für ein Jahr zur Klasse gestossen und dann sitzengeblieben. Sein Vater hatte neben der Fabrikarbeit mit Kaninchen- und Katzenfellen gehandelt, ab und zu war auch ein Hundepelz dazugekommen.

Auf Alfons' Kopf gab es drei kahle Stellen, dass einen fror, wenn man hinschaute. So wurde der Bogen immer grösser, den man um Alfons machte, das blieb auch so, als die Haare wieder nachgewachsen waren.

Nur bei den Kleintierzüchtern fühlte sich Alfons später wohl, bis ihn auch die Kaninchenhalter mieden. Er hatte an der jährlichen Jungtierschau dem makellosen Weiss seiner Tierchen mit Tipp-Ex nachgeholfen, drei dunkle Stellen am Hals. Sie kosteten ihn unter den Tierfreunden Kopf und Kragen.

„Vor fünf Jahren ist er ausgewandert, nach Australien“, sagte der Juniorchef unverhofft nachdenklich. „Alfons ist heute Millionär.“

Evelin klatschte in die Hände, das Essen wurde auf langen Brettern aus der Wirtschaft hereingetragen, dazu ein spanischer Wein. Die Gesell-

schaft applaudierte und griff nach den Klappstühlen.
„Ich bin so frei", sagte der Baumeister und setzte sich neben Evelin, die bereits wieder aufstand, um in der Küche nach dem Rechten zu sehen.

Der Buchhalter steckte in der Uniform eines Legionärs, er tanzte mit La Goulue, die mit ihm in der letzten Klasse noch als Zopfmädchen und Wiedertäuferin die Schulbank gedrück hatte. Man hatte kurz nach Mitternacht die Trennwand zu Konis ungenutztem Atelier auseinandergefaltet und sich eines von Evelins Kostümen geangelt.
Ganz in Weiss mit einem Blumenstrauss in der Hand trat die Coiffeuse auf den Plan und griff sich den Piloten. „Ro-Ro-Ro-Ro-Robinson, Robinson", rief der Elektroingenieur in den getigerten Badehosen und machte sich ungeniert an Freitag heran, der beim Dessert schon sein Coming Out gegeben hatte und nun mit einer fahrbaren Dattelpalme durch den Saal unterwegs war. Die Juristin trug das Bischofsornat, sie

liess sich von den verbliebenen Herren auf den Knien ihren Ringfinger küssen. Evelin nahm sich im Hintergrund unterdessen der Monroe an, die weinte und an ihren Kindern gut zu machen versprach, was man ihr selber vorenthalten hatte, eine fachgerechte Zahnkorrektur. Evelin brachte ihr die Lidstriche an und auf der Wange das Muttermal.
Mit dem leeren Tablett in der Hand bat Sandra den Legionär um seine Fotografie, die er begeistert reihum gezeigt hatte, ein Familienbild im Buchhaltergarten. La Goulue strich dem Kind liebevoll übers Haar.

Sandra hatte sich unbemerkt davongemacht und schlug zwischen den Kleidern Nüsse auf:

Eine für Mutti
Eine fürs Kind
Eine für Vati
Er kommt mit dem Wind.

Vor dem Farbfoto des Buchhalters mit seiner jungen Frau und dem Töchterchen, dem gelben

Sonnenschirm und dem Gartentisch häuften sich Sandras Nüsse. Sie hatte zwei brennende Rechaudkerzen neben das Bild gestellt, sodass es im Geflacker der Flammen aussah, als sängen die drei Fotografierten zu Sandras Wiegenlied mit:

Eine für Mutti
Eine fürs Kind
Eine für Vati
Er kommt mit dem Wind.

An Davids verstopfte Herzkranzgefässe wollte Sandra nicht mehr denken. Der Mann hatte seine weisse Hemdbrust aufgeknöpft und allen die rotblauen Narben gezeigt. Eine halbe Stunde lang war ich klinisch tot, hatte er gesagt. Und auf Applaus gewartet.

Rüesch strahlte. Dem promovierten Germanisten standen nebst einer Hauptlehrerstelle und einer signierten Lithografie von Picassos Friedenstauben Zwillinge ins Haus, wie er versicherte. Jetzt könne das Leben erst so richtig losgehen. Daniel nickte, er hatte noch Sturmholz zusammengetragen, bevor er zum Klassenfest aufgebrochen war. Sein Hof lag an der Autobahn, flaches Ackerland, aber im Boden zuviel Blei und Schwermetalle, dahinter überalterter Wald, dem der nächtliche Sturm schwer zugesetzt hatte. Als bodenloser Agronom habe er halt irgendwo einheiraten müssen, lachte er, letztlich schwebe ihm aber etwas Biologisches vor.

Iris winkte die beiden Männer zu sich. Als erste Feuerwehrsfrau weit und breit hatte sie sich den Römerhelm mit dem goldenen Kamm geangelt und sass nun zu Füssen eines beleibten, weisshaarigen Methusalems: Es war tatsächlich Lars, der beim Sitzen in den Bibliotheken schon so schwer und grau geworden war, dass man ihn nicht mehr wiedererkannte. Nur sein Lachen blieb unverwechselbar, ein Generalbass. Er hockte in seiner Ecke, rauchte und wusste über alles Bescheid. Auch über Malte. Iris erzählte vom letzten Brand.

„Schlag zurück“, hatte Evelin zuerst raten wollen, aber die Monroe zeigte sofort ihre hilflosen

Mädchenzähne, nachdem sie erzählt hatte, wie oft sie ihr Mann nach der frühen Heirat schon misshandelt habe. Ein hauchdünnes Spinnennetz überzog augenblicklich ihr Gesicht.
Sie selber habe nie mehr einen zärtlicheren Liebhaber gehabt als den Mönch, sagte Evelin selbstvergessen und war ebenso erstaunt wie Susanne, dass sie davon zu erzählen begann. Nur Grill hätte einem Vergleich vielleicht noch standhalten können, mit seinem kaputten Bein, fügte sie bei. – Man lerne ja nicht für die Schule, sondern fürs Leben, habe sie ihm entgegenhalten müssen, als ihn das schlechte Gewissen überkommen wollte und er sich in ihrem Bett nur ganz langsam wieder der Menschenkunde entsann, dem vornehmsten Fach seines weit zurückliegenden Studiums. Tags darauf trat er seine Reise nach Afrika an.

Evelin stieg in Konis Zimmer hinauf und zog Mutters Kleider aus dem Schrank. Sie hielt sie vor dem grossen Wandspiegel noch einmal flüchtig vor sich hin, die Körpermasse stimmten. Dann trug sie die verjährte Garderobe von Liliane in den Saal hinunter. Weisse, gesteifte Unterröcke, das Can-Can-Kleid, die Trompetenhose. Es war an der Zeit, sie zu den anderen Kleidern ins Regal zu hängen. Während der vergangenen Jahre hatten Mutter und Tochter dreimal zusammen telefoniert und einander nie verstanden. Wie Liliane war auch Evelin ein Vaterkind geblieben. Den beiden Frauen fehlte die gemeinsame Muttersprache.

Im Wald zum Bänkelloch, die versammelten Astronomen standen an allen verfügbaren Rohren, da eine Mondfinsternis erwartet wurde, stiess der Ortspolizist nach einem Hinweis aus der Bevölkerung auf einen korrekt geparkten, aber defekten Sportwagen mit deutschem Nummernschild. Der Kofferdeckel der wunderbaren Maschine stand offen, das lecke Hinterrad lag im Gras.

Der Polizist lehnte sein Fahrrad an einen Baum. Er beendete den Radwechsel gewissenhaft, setzte sich hinters Steuer und pilotierte den Boliden durch die schwarze, sternenklare Nacht zurück vor sein Büro. Als grosser Bewunderer noch immer des verunglückten Rennfahrers Jim Clark wusste er, was er diesem Gefährt schuldig war.

Unter einer leicht ätzenden Rauchsäule liess Renée in einer Nische des festlich geschmückten Saales ihren leeren Drehbleistift kreisen. Die aufgeregte Runde saugte eifrig am mottenden Hanfstück herum und wartete gespannt auf die einsetzende Wirkung.

Renée war die einzige Habituée im kleinen Kreis, hatte auch schon richtige Trips geworfen, die anderen betraten, schon vorher etwas unsicher geworden auf ihren Beinen, endlich Neuland.

Es kam unter den Kiffenden eine Verschworenheit auf, die sie augenblickslang hoch über den Rest ihrer ehemaligen Schulklasse hinaushob. Bis Gustav der Länge nach hinschlug, hart an der Tischkante vorbei, und reglos auf dem Fussboden liegenblieb. Renée riss ihm die Arme hoch, er erbrach sich in ihren Schoss.

Grill hatte bei Koni noch Licht gesehen, hatte Musik gehört und war mit seinen Buschmännern eingetreten: „Besuch aus Afrika!“, rief er Franziska zu, die dem Flugkapitän hinter der Tür eine neue Haartracht versprochen hatte. Die Friseuse erbleichte, als sie Grills grosse Schwäger sah. Und ihr Englisch reichte nicht bis zu den drei gut gekleideten Herren hinauf, die milde über die gemischte Gesellschaft im Saal hinausschauten.

„Don’t worry, be happy!“, riet einer der Brüder, als er ihr Erschrecken sah, er gab sich einen kleinen Ruck und schnippte mit den Fingern, die anderen beiden griffen seinen Rhythmus auf, begannen zu klatschen und nahmen die Regie für den Rest des Abends in ihre Hände.

Nur Hans blieb mit offenem Hosenschlitz sitzen. Eine Hand reichte ihm zum Zeigen: ein schwerer Motorradunfall. Ohne die Tiere daheim hielte er es nicht aus. Und das Trinken müsse halt sein.

Die drei Schwarzen führten die Klassenkameraden den Hohen Atlas hinauf, durchquerten mit ihnen die Sahara und tanzten gemeinsam den Äquator entlang. Der Legionär schwitzte, Grill hinkte zufrieden mit. Der Urwald wurde dichter, Regen setzte ein, sie kamen zu den Wasserfällen. „Ich komme Ihnen helfen, Doktor!“, rief Franziska mit leuchtenden Augen, setzte sich ohne Umstände von ihrem Piloten ab und hielt auf den Mann mit dem weissen Tropenhelm zu, Albert, den Klassenbesten.

Während das Fest allmählich zu Ende ging, der volle Mond wieder in seiner ganzen Schönheit zu sehen war und die drei schwarzen Männer mit der Tanzkapelle zusammen langsam aufs europäische Festland einbogen, fand Sandra im Bad einen Mann.

Er hatte nach Mitternacht vor der Tür von Evelins Kostümverleih gestanden und Koni um warmes Wasser gebeten, verschmiert und verschwitzt, ein abgezehrter Heiland mit dem tätowierten Friedenszeichen am linken Unterarm und einem halbierten Ohrläppchen. Koni war zwei Schritte zurückgetorkelt – grosser Gott! – und hatte den Mann nach oben geschickt. Die schöne Legende von Evelins unbefleckter Empfängnis aber, die sie zwölf Jahre lang augenzwinkernd aufrecht erhalten hatten, das spürte er sofort, war in diesem Augenblick sang- und klanglos untergegangen. Auf Sandras Drängen hin

begleitete er sein Grosskind eine halbe Stunde später in den oberen Stock hinauf.
„Vati“, soll das Mädchen, halb zu sich selber, halb zum Fremden, gesagt haben, als sie miteinander im dampfbeschlagenen Waschraum standen. Aber Adam antwortete nicht. Er schlief in der Wanne, lang hingestreckt, nackt.

Zugzwang

Eine kurze Verstiegenheit

Zürich – Mailand, der Intercity auf Gleis eins steht bereit. Eine Dame und ein Herr sitzen an zwei separaten Tischen im Speisewagen, die Kellner warten.
Im Lautsprecher wird die Abfahrt angekündigt. Achtung, Türen schliessen automatisch!
Ein Atemloser sucht im abfahrenden Zug nach seinen Konfirmanden.
Der Kaffee wird serviert. Die beiden Fahrgäste rühren in ihren Tassen, dass es beinahe wie Läuten klingt. Die Schienen schlagen regelmässig, linkerhand liegt der See, der Herr räuspert sich:
– Ich bin 1961 konfirmiert worden.
– Wie bitte?
– Ich meine ... der Herr Pfarrer soeben, er hat mir meine eigene Konfirmation in Erinnerung gerufen.
– Verstehe.
– Sind Sie katholisch?
– Nein, mein Herr, konfessionslos. Und abstinent.
– Sie hätten katholisch sein können. Um die Augen herum tragen Sie einen luzernischen Zug. Die meisten Luzerner sind katholisch.

– Tut mir leid, gebürtige Bündnerin, jedoch in Luzern aufgewachsen.

– Sehen Sie, man kann es nicht verleugnen.

– Ja, die Sonntage haben wir oft auf dem Pilatus zugebracht. Trug mein Vater einen Hut, war das Wetter gut. Er litt unter den vielen Touristen das ganze Jahr in der Stadt. Deutsche, Japaner, Amerikaner. Einmal mussten wir einem Physiker aus Kyoto Modell stehen. Schweizer Kinder mit Holzbrücke. Wir trugen die roten Regenmäntelchen und hatten Hunger vom Gehen. Vater liess sich wider Erwarten auf eine kurze Brieffreundschaft mit dem Japaner ein.

– Meine Cousine hat ihren Amerikaner auch in Luzern kennengelernt, im Verkehrshaus. Seinen neuen Tramperrucksack hatte er beim Haupteingang deponiert und die langen Haare im Nacken zusammengebunden, um besser in den Himmel sehen zu können. Die dunkle Unendlichkeit des Planetariums ist ihnen dann, ich meine den beiden jungen Menschen, zum Verhängnis geworden, Urs Uranus Blättler ist das Resultat ihrer Selbstvergessenheit. Morgen feiert er Hochzeit in Melide. Man hat mich eingeladen, als Taufpate. „Sorry for that“, hatte der Amerikaner auf einen Zettel geschrieben, nachdem er sechs Wochen zu Gast geblieben war. Aus Katmandu kam später noch eine Ansichtskarte.

– Uns hat der Vater das Reisen gelehrt, binnenmässig, muss man sagen, er war Matrose auf dem Vierwaldstättersee. Zu Wasser, zu Lande und aus der Luft hat er uns die nächste, später die weitere Umgebung nahegebracht. Nur Mutter blieb stets zu Hause im Bett, bis sie starb. Mitten über der Stadt mussten wir auf unserer Ballonfahrt Sand ablassen. Das Schiff, auf dem mein Vater angeheuert hatte, hiess „Winkelried“. Vater glaubte an die mutige Tat, bis ihn die zeitweiligen Übelkeiten heimsuchten. Sie können sich vorstellen, was es heisst, wenn einem über dem grossen Schaufelrad oder beim Anlegen mit einem Tau in der Hand plötzlich schwindlig wird. Er musste den Seedienst quittieren. Mit dreiundvierzig Jahren hat er ins Wagnermuseum gewechselt. Als Aufseher. Von der Atemnot beim Kielholen hat er uns auf der Pilatusspitze dennoch immer wieder erzählt: So muss es zugehen auf dem Mount Everest ohne Atmungsgerät, fügte er jeweils hinzu und schaute versonnen ins Napfgebiet, wo er die Goldwäscher an der Arbeit wähnte.

– Ich finde es schön, in eine Unterhaltung einzusteigen wie in einen Zug. Gestatten Sie, dass ich mich zu Ihnen an den Tisch setze? Als gelernter Geometer fürchtet man sich zwar, sozusagen von Berufes wegen, vor jeder Unvermessenheit, auf Reisen jedoch, will mir manchmal scheinen, gibt es fast nichts zu befürchten. Unterwegs sind wir ja alle Angehörige eines rollenden Systems, das im Grundbuch der Fahrpläne bis auf die letzte Minute verzeichnet ist. Und doch ist es kein falsches Gefühl, dass auf Reisen noch einmal alles möglich wird.

– Sicher, ohne Ihre Anwesenheit wäre ich zur Zeit ganz anderen Aussichten anheimgegeben: fernen Hügelzügen, Strassenkreuzen, Fabriken, Vorgärten. Ich hinge meinen flüchtigen Einblicken durch Küchen-, Stuben-, Schlafzimmerfenster nach und sähe das Personal dieses Wochentags wie in einem Spielfilm vor den Zugfenstern vorüberziehn. Gedanken über mein eigenes Leben würden sich mir dazu unwillkürlich aufdrängen. Als Bibliothekarin wird man das Gefühl ja nie ganz los, selbst auch aus Papier zu sein. Aber spätestens nach den Gestaden des Vierwaldstättersees würde ich doch wieder nach meinem Buch suchen im Handgepäck.

– Darf ich Sie zu einem Glas Wein einladen, weiss oder rot?

– Sie sind vergesslich, mein Herr, ich trinke keinen Alkohol, nicht mehr. Mein Vater hingegen erklomm den Pilatusgipfel oft nur, um sich nach dem Abstieg ein Glas Valpolicella kredenzen zu können. Überhaupt suchte er ständig nach neuen Gründen zum Feiern, besonders nachdem er beim toten Bayreuther den Dienst angetreten hatte. Es gab dort wenig zu lachen.

– Auch mir ist der Dienst an Urs nicht immer leicht gefallen. Oder ehrlicher: Im Grunde bin ich meiner Patenpflicht nur schlecht und recht nachgekommen. Uranus wuchs in Melide auf, zweisprachig, von Anfang an. Meine Cousine arbeitet seit ihrer Dislokation während der Schwangerschaft als Kassierin am Eingang zur Kleinen Schweiz, Suisse Miniature, Sie wissen, was das heisst. Ich hätte den Knaben ab und zu aus dieser winzigen Umgebung herauslösen sollen. Ich tat es nicht, telefonierte nur alle paar Monate einmal, überliess ihn der Putzigkeit. „Ich will nach Amerika.“ So mein Patenkind anlässlich unseres Telefonates vom vorletzten Donnerstag. Ich kann seinen Wunsch gut verstehen. Aber er sagte auch, dass er sich auf mich freue: „Roberto“, er hängte meinem Vornamen das italienische O an, aus Kameradschaftlichkeit.

– Ich habe keine Patenkinder. Nicht einmal Katzen. Dafür eine Kundschaft in der Bibliothek und die zehntausend Bände, sie sind meine „Söhne und Töchter der Sehnsucht des Lebens nach sich selbst“, wie der Dichter die Bücher nennt. Wie spät ist es denn?

– Es geht gegen elf. Ankunft 13.19 in Lugano.

– Wie kommen Sie ausgerechnet auf Lugano?
– Weil es am Weg liegt.
– Auch Bellinzona, die Festung, liegt am Weg.
– Sie sehen mehr nach Lugano aus. Darf ich für uns das Menü in Auftrag geben? Herr Ober, zweimal Plat du jour, ein Mineralwasser, einen Zweier Merlot. – Vergangene Nacht habe ich erschreckt festgestellt, dass ich den Kirchgang nicht mehr gewohnt bin. Es war eine Nacht wie im Planetarium. Mit seltsamen Vorgängen, die ständig erklärt wurden von einem älteren Herrn in Schwarz und die mir doch unerklärlich blieben: zu grosse Distanzen.
– Arth Goldau. Airolo. Bellinzona. Lugano. Und zum Schluss noch der Grenzort Chiasso mit dem riesigen Auswandererbild von Pietro Chiesa an der Stirnwand der Bahnhofshalle, das sind Wegmarken auf einer kleinen Fahrt. Wie Taufe, Konfirmation, allenfalls Heirat und Kremation auf der anderen Reise.
– Also sind Sie doch eine Gläubige? Sie täuschen mit Ihren grünen Strümpfen nur das Auge der Mitreisenden. Zwar habe ich auch gesehen, als ich eben die Serviette vom Fussboden aufhob, wie Sie mit Ihrem linken Fuss aus dem Schuh schlüpften und Ihre Zehen kreisen liessen: Ich bin im Zwiespalt.
– Keine Ursache, mein Herr, unterwegs nach

Como, ins Seidenzentrum, beneide ich Sie jedoch allmählich um Ihre bevorstehende Vermählung, dieses schrecklich-schöne, eindeutige Zeremoniell. Während ich mir nämlich mit einem neuen Morgenmantel aus Como etwas zuliebe tue, wird Sie in Melide für Augenblicke der Sinn der Gemeinschaft wie Wind anwehen. Als hätte man teil an einer grossen gemeinsamen Erinnerung. Eine Vorstellung, die mir im Augenblick fast gewichtiger erscheint als beispielsweise jene frühen Bergerlebnisse am Pilatus, die im Dunkel ihrer Privatheit langsam verdämmern. Im übrigen trage ich manchmal auch blaue Strümpfe, am liebsten aber gehe ich barfuss durch nasses Gras.

– Wenn der Stiefvater meines Patenkindes noch Croupier in Campione wäre, könnten wir zusammen übers Wasser gehn, ich böte Ihnen kurzerhand ein Glücksspiel in der Enklave an, so aber bleibt mir nur das bescheidene Anerbieten einer Pedalofahrt auf dem Luganersee. Oder aber der gemeinsame Kirchgang in Melide, gnädige Frau.

– Sie laden mich ein?

– Es ist kein Routinier, der Sie begleiten würde. Und alle Lieder wären ab Blatt zu singen. Nehmen Sie mir auch den allfälligen Regen auf der Alpensüdseite nicht übel!

– Obwohl wir mit zunehmendem Alter ja alles

Erdenkliche schon meinen bedacht zu haben, würden Sie mich doch verstehen, wenn ich jetzt ob Ihrem Ansinnen in Verlegenheit geriete. Oder in Rage. Dennoch bitte ich Sie lediglich um Bedenkzeit. Bis Tunnelende, mein Herr.

Klaus Merz im Haymon-Verlag

Garn

Prosa und Gedichte

13 x 21 cm, Hardcover mit Schutzumschlag, 96 Seiten, mit 8 Pinselätzungen von Heinz Egger, 2. Auflage

ISBN 3-85218-324-3

Ironisch, poetisch und präzis gibt der Autor seinen Texten jene „eigensinnige" Richtung, die das Leben im Innersten trifft. Wesentliches wird wie mit dem Brennglas eingefangen, ganze Geschichten werden in einzelnen Sätzen erzählt.

„Geschichten in nuce; Varianten, Möglichkeiten mitten im Meer des Erzählens. Texte voller Charme und Witz." *(Samuel Moser, Süddeutsche Zeitung)*

„Klaus Merz demonstriert seine meisterhafte Kunst der lakonischen Verkürzung." *(Roman Bucheli, NZZ)*

„Merz verfügt über eine ökonomische Sprache, die ihre höchste Verdichtung in den als Versen abgeteilten Zeilen erreicht... So spielerisch genau kann die Kunst kleiner Form werden, wenn ein Könner wie Merz seine Fantasie auf ein Minimum an Worten verpflichtet und im Handumdrehen die Rangfolge von Kausalität und Deutung umkehrt."
(Thomas Poss, FAZ)

„Nur zwei, drei Sätze braucht Merz, um die Gedanken weit ausschweifen zu lassen, zu den Hochständen der Jäger, zu den lachenden Tauben am Himmel oder zum Leoparden, der in der Abenddämmerung über der Hügelkuppe erscheint... Beeindruckend ist auch die Vielfalt der Themen, der Tonarten und Temperaturen, die

Klaus Merz auf dem beschränkten Raum dieses kleinen Buches unterbringt: Kunst spielt eine Rolle und Natur, die Jahreszeiten und die Erdzeitalter, dann wieder spricht der Dichter ganz privat, berichtet von einer Lesereise oder von der Ehe. Hier ist eine poetische Ambitioniertheit am Werk, die im Kleinen immer aufs Ganze zielt..."
(David Werner, Tages-Anzeiger)

„In der Einfachheit entwickelt Merz seine Stärke, indem er sie wie ein Schmetterlingsnetz über Augenblicke legt, auf daß sie über die Länge weniger Sätze verweilen."
(Sibylle Birrer, Bieler Tagblatt)

„Klaus Merz' Texte sind seltene Perlen." *(Markus Bundi, Aargauer Zeitung)*

Kommen Sie mit mir ans Meer, Fräulein?

Roman

13 x 21 cm, Hardcover mit Schutzumschlag, 128 Seiten
ISBN 3-85218-270-0

Ein Mann hat einen Autounfall. Im Krankenhaus hört er sich an, was er während der Fahrt auf sein Diktiergerät gesprochen hat. Er protokolliert Lebensstationen, Erinnerungen, Wahrnehmungen. Erzählend wird ihm klar, wie die Sprache Wirklichkeit inszeniert, wie die Wirklichkeit erst in der Sprache Gestalt annimmt.

„Wortkarg und wortmächtig, tastend und glasklar zugleich, spannt dieser Text sein Netz zwischen den Wegmarkierungen aus ..."
(Dorothea Dieckmann, Neue Zürcher Zeitung)

„Luzide schöne Bilder, oft mit überraschenden Verben gekrönt, feinsinnige Beobachtungen und bestechende Personenporträts."
(Beat Mazenauer, Solothurner Zeitung)

„Wenn sich sachte die angestaute Spannung löst, entfaltet sich die für Merz typische feine Ironie und verleiht seiner Prosa eigentümlichen Charme."
(Neue Mittelland Zeitung)

Jakob schläft

Eigentlich ein Roman

13 x 21 cm, Hardcover mit Schutzumschlag, 80 Seiten, mit 6 Zeichnungen von Heinz Egger, 5. Auflage
ISBN 3-85218-229-8

Klaus Merz erzählt von einer Familie, deren Lebenswege immer wieder in Abgründe und Hinterhalte führen, und versteht es, „eine Balance zu schaffen zwischen Trauer, Zuversicht und Liebe" (*Tages-Anzeiger*). – Der komprimierte Roman begeisterte Leser und Kritiker, eroberte die Bestenlisten und wurde mit dem Hermann-Hesse-Literaturpreis 1997 ausgezeichnet. Gunhild Kübler sagte bei der Preisverleihung als Sprecherin der Jury: „Dieses Buch ist ein Wunder!"

„Ein Wort von Merz ist wie der kleine Finger dieser Wundermasseure, die eine unauffällige Stelle an der Fußsohle antippen, und der ganze Rücken wird uns warm. Oder kalt." *(Andreas Isenschmid, Die Weltwoche)*

„Dieses schmale Buch gewinnt beim Lesen Umfang, Tiefe und Gewicht."
(Wolfgang Werth, Süddeutsche Zeitung)

Am Fuss des Kamels

Geschichten & Zwischengeschichten

13 x 21 cm, Hardcover mit Schutzumschlag, 160 Seiten, 2. Auflage
ISBN 3-85218-156-9

„Winzige Beobachtungen, die ohne große Gesten auskommen und doch den Vorhang aufreißen zu einer Wirklichkeit hinter der Realität."
(Susanne Schaber, Die Presse)

„Spektakulär sind die Geschichten nicht in ihrer Breite, sondern durch ihre Tiefe."
(Erika Achermann, Tages-Anzeiger)

Kurze Durchsage

Gedichte & Prosa.
Mit einem Nachwort von Werner Morlang

13 x 21 cm, Hardcover mit Schutzumschlag, 160 Seiten
ISBN 3-85218-196-8

Kürzestprosa und Gedichte, in denen sich die Handschrift des Autors am deutlichsten zeigt.

„Klaus Merz erweist sich als Meister der kunstreichen Verfremdung erlebter Wirklichkeit, zuweilen auch des schwarzen Humors, in formaler Hinsicht als Meister der Lakonie." *(Robert Mächler, Badener Tagblatt)*

„... sprüht nur so von ganz und gar unerwarteten Pointen, die uns perplex zurücklassen ..."
(Trautgott Weisskopf, Der kleine Bund)